Índice

Rourke
Educational Media

A Division of
Carson
Dellosa
Education

rourkeeducationalmedia.com

¿Puedes encontrar estas palabras?

cráteres

desierto

mareas

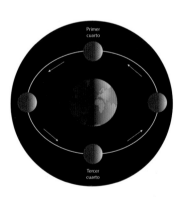

orbita

Nuestra luna

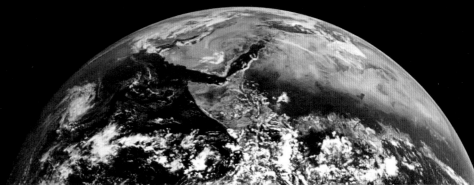

La luna es nuestra vecina más cercana.

Orbita alrededor de la Tierra.
Tarda un mes en dar una vuelta.

JUNIO

Lun	Mar	Mié	Jue	Vie	Sáb	Dom
				1	2	3
4	5	6	7	8	9	10
11	12	13	14	15	16	17
18	19	20	21	22	23	24
25	26	27	28	29	30	

Luna
llena

Primer
cuarto

orbita

Luna
nueva

Tercer
cuarto

Nuestra luna atrae a la Tierra.

Hace subir las **mareas**.
Hace bajar las mareas.

mareas

Nuestra luna es seca.

Es más seca que un **desierto.**

desierto

Pero hay agua en nuestra luna.

cráteres

Nuestra luna tiene **cráteres**.
Hay agua en los cráteres.

Nuestra luna es como un espejo.

Refleja la luz del sol.

¿Encontraste estas palabras?

Nuestra luna tiene **cráteres.**

Es más seca que un **desierto.**

Hace subir las **mareas.**

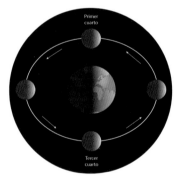

Orbita alrededor de la tierra.

Glosario fotográfico

 **cráteres:** grandes agujeros en el suelo.

 **desierto:** un área seca con poca o ninguna lluvia donde crecen pocas plantas.

 **mareas:** los cambios constantes en el nivel del mar causados por la atracción del sol y la luna.

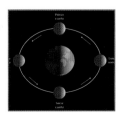 **orbita:** viaja en un sentido circular alrededor de algo.

Índice analítico

Sobre la autora

Lori Mortensen vive en el norte de California con su familia y su gato Max. Cuando no está tecleando en su computadora, le gusta dar largos paseos justo antes del amanecer, y ver el sol y la luna juntos en el cielo de la mañana.

www.rourkeeducationalmedia.com

PHOTO CREDITS: Cover: 4FR; p. 2,10,14,15: ©ALEXEY FILATOV; p. 2,9,14,15: ©Fabio Lamanna; p. 2,6,14,15: ©J'nel; p. 3: ©pjmorley; p. 8: ©HelenField; p. 12: ©foto-ruhrgebiet

Edición: Keli Sipperley
Diseño de la tapa e interior: Rhea Magaro-Wallace
Traducción: Santiago Ochoa
Edición en español: Base Tres

Library of Congress PCN Data
Nuestra luna / Lori Mortensen
(Aprendamos)
ISBN (hard cover - spanish)(alk. paper) 978-1-73160-501-6
ISBN (soft cover - spanish) 978-1-73160-514-6
ISBN (e-Book - spanish) 978-1-73160-507-8
ISBN (e-Pub - spanish) 978-1-73160-707-2
ISBN (hard cover - english)(alk. paper) 978-1-64156-176-1
ISBN (soft cover - english) 978-1-64156-232-4
ISBN (e-Book - english) 978-1-64156-284-3

Library of Congress Control Number: 2018967485

Printed in the United States of America, North Mankato, Minnesota